赤く満ちた月

青山みゆき

思潮社

赤く満ちた月

青山みゆき

目次

装幀＝思潮社装幀室

赤く満ちた月

娘

いつも空は曇っている
あなたには母親はいない

（部屋の隅で
　からだを折りまげ
あなたは

小さくなってころがっている）

もう誰にも止められない

わたしは何をなくしたのだろうか

あなたの心臓はまだ動いている

盛夏

きのう
わたしたちは出会った
焼けつくような照りかえしに
蟬がジージーと
つぶれた声を降らせている

電車がぎしぎしと動きだす
男は揺れながら

つり革につかまっている
窓のそとの
閃光のような時の流れに身をまかせている

わたしは男の横顔を見る
男のひそやかに波打つ記憶のようなものに触れる
その神経質な細長い指先に触れる
端正に組み合わさった腕の関節に触れる
肉づきのよい
なめらかな尻のふくらみに触れる
脈打つ性器に触れる

わたしたちは

心のもっともやわらかな部分を
ぴったりと重ね合わせる
なまあたたかい汗の匂いが立ちのぼる
くらくらとめまいがする
わたしはゆっくり内側から押し広げられてゆく

駅をいくつ通過したのか分からなくなる
わたしたちは
すでに
どんな地図もないところへ向かおうとしているのか

電車は走りつづける
煎りつけるような蟬の声に溺れながら

わたしは生の塊となって
じりじりと宙づりになっている

夏草——兄に

死者たちが溶けてゆく
夏草が群れて立っている

＊

（わたしは夢のなかを

いまだ行き交っているのか)

＊

ききょうが青白い炎をあげる
雄鶏が猛々しい脚で砂をけりあげる
小さな虫たちが
たえきれぬように収縮する

＊

背後で母がおしつぶされている

（わたしも水めいてゆく）

＊

ロープ

道路はまっすぐのびている

ゆらゆらゆらめく高層ビルのなかから
だれひとり戻ってこない

黒光りした蛇が空っぽの公園でとぐろを巻いている
わたしもすでにまよいはじめている

カーテンレールに垂れ下がっているロープには子どもがひとつ
　ひっかかっている

息を殺す

言いそびれたことばのように置き去りにされた携帯が緑いろに点滅している
すべり台の後ろに隠れたまあくんを誰もさがしてくれない　おかあさん、どこにいるの
魚が池の底で笑っている　兄が黙って壁の穴をのぞいている（もういいのでは）
仏陀のように西洋ナシはすでに天を黄金色に染めはじめている
河原で寝そべっている乳牛の斑点を息を止め、うっ、そっと押してみる
プラットホームで濡れた葉っぱたちが順序よく並んで電車を待っている多々良多々良
一旦乗れば移動するしかない電車ならわたしはひたすら座席で揺れている紙くずか
さいころを振るときょうもふりだしに戻り始発の浅草で芋羊羹を手にわれをさがしあぐねる
空、ひとひらゆっくり舞い降りてくる長い影よ最後に到着した老年のチェロ弾きのように

「家で幸せになれるようにしないと」ゴミ屋敷のゴミより「たすけてください」
帰らないで帰らないで帰らないでがこっそり様子をうかがっているよ
かじかんだ手で親のいない友達のいない気分で凍った沢庵を切っている
スーパーに急いでいる自転車の荷台にもうひとり誰か知らないが乗っている
ベイシアで買ったアジを食べる土曜日　セブンイレブンで買った肉じゃがを食べる日曜日
利し刃物を青緑いろに光るサバの内臓にこんなにもやさしく突き刺してやる
角がめくれた創世記の上で蟻がいっぴき迷子になっている　背中を押してあげよう
冷たい炎　冷たい炎　わたしはきょうも黒い血を流している
乳首を硬くしてキャミソールを脱ぐ　苦行めいてくる現在進行形
あったかいことばを拾い集めながらみかんの皮を脱ぎすてる
ほら、やせ犬たちがみぞれになって一面に降ってるよ、息を殺しながら
泣きながら降ってくる雪ありひとり行くひとを雪原に沈めてしまう
あなたはもう死ぬひとであり歌なんかもううたえない

振り返ると乳房の垂れ下がった犬が、あたしたち会話がつづかないんだね
光にうずくまっているコウモリがいてぱっくりひらいてしまう春
渡良瀬橋から見える青い日没を軽量カップで正確に量ってみれば
渡良瀬川きゅうに落ちてゆく　こわいこわいって叫びながら
あっ、雨雲から頭のてっぺんがつんつるてんで緑いろした河童が落ちてきた
血の匂いをはなつ人差し指　薔薇の花の息づかいしており
きょうの午後はゆっくり黒ずんでゆくバナナのようにテーブルにうつぶして眠る
人魚の世紀、類人猿の世紀を通過して心地よい湯船につかっているなんて
ふいに落下した朝露のように母よ、あなたは消えてゆくのか　あたたかい
目を閉じたひとに頬紅をさす　遠くでコオロギ鳴いている
ハンマーで一撃食らう焼けたばかりの女の骨　あったかい
倒れそうな教師の顔　心身が救われます。学生
渾身の力を振り絞ってすごんでも泣いてくれないよ、女学生は。教師

牛舎——フクシマ

青空がひろがり
村は空っぽだった
ひとりふたり
農家の者たちは見届けるために
もどってきた

そこらじゅう毛と糞だらけだった
やせこけた牛たちは

褐色の腹をふくらませていた
からだをこわばらせ
口を開けたまま息をしていた
目が黄色かった

やがて
防護服姿の男たちがやってきた
かれらはすばやく吹き矢を飛ばした
牛たちは膝から崩れた
それから
男たちは手際よく注射した

牛たちはみんな

田んぼの真ん中の大きな穴に
埋められた
農家の者たちは花を供えて泣いた

朝

娘よ、
朝の台所で
あなたは
わたしがえぐった傷口から
血を流している

いらだった拳で
あなたを打つ

ことばの刃物で
正確に仕留める
あなたは逃げ場をうしない
全身から血を流す
心臓を裂かれて
叫び声をあげる
なめらかな肌はこわばり
こなごなに砕かれる

わたしが
あなたの朝をうばってしまう

わたしが

あたたかな陽射しをさえぎってしまう
太陽は遠くで
しずかに冷えている

ホロコースト

木立が静かに傾いている
空地では
黄色い花が咲き誇っている

たしかにここだった＊
（語りえない）
（伝えるなんて不可能なものがたり）

人類による人類の殺戮、
絶滅の歴史、
その記憶の破壊、
無数のことばが形をなさずに消えていった
闇に包まれた穴のなかで
彼らの世界は
終焉した

黄色い花が咲き誇っている

遠くで
黒い鳥がギギーッと鳴く

影ひとつ残さず飛び去ってゆく

＊映画「ショアー」の中のユダヤ人、スレブニクの言葉を引用

鳥

家の前を通る
アスファルトの道路に
鳥が死んでいた

ぺしゃんこになったからだ
くの字に曲がった脚
ぱさぱさに乾いた褐色の羽は
車が通るたびに

ひらひらとなびいた

夕暮れになると
カラスたちがやってきて
目玉を突っついた
犬たちもやってきて
濡れた目で
遠くからそれをながめた

ホウレン草

根っこが少し白かった
背がやけに高かった
茎はがっしりしていた
葉っぱの先まで青々としていた

ホウシャノウ、
口にするとガンになる、
ひとびとは皆

大声で言いふらした
農家の者たちは
ホウレンソウをむしって捨てた
それから
暗い家にかくれてうめいた
畑は空っぽになった

八月

学生たちが頭を下げ
わたしにあいさつするここが
戦場の入口か

（男の子とおんなの子の
ふたりだけの秘密があって
あまい匂いがする）

昇降口の
手の届かないところで
電球が切れたままになっている

（聖母の顔のあかんぼうが
　深い夏の背後で
　　しずかにねむっている）

校門の横の掲示板には

痴漢に注意してください
と大きな張り紙があって
ひらひらと揺れている

雨

夜がくる
黒い雨のなかで
ざくろの実がたゆたっている
雨つぶが重たげに表皮をつたわる
わたしは紅い裂け目に触る
手から種がこぼれる

納屋の隅では

去年生まれた猫がひそかに分娩する
細くひらいた扉から
冷たい風が吹き込んでくる
猫の黄色い舌がけいれんする
肉塊がぐにゃりと落ちる

すえた気体が立ちのぼる
子猫たちが湿った透明な膜のなかで
のびたり縮んだりしている
ざらざらした舌でなめまわされる

わたしは雨に打たれながら台所へもどる
なまぐさい肉の味が唇にのこる

てのひらの割れた卵から白身が流れでる
耳元で蠅が一匹ぶんぶんうなっている

晩夏

母は
暗闇のなかを徘徊する
天井裏ではネズミが騒いでいる
わたしはねむらない

わたしたちは
六度目の食事をとる
よごれた下着が

洗濯機のなかで
ぐるぐる回転している
熱帯植物は
多肉質の蔓を伸ばしてくる
電話は押し黙っている

わたしはふいに泣きたくなる

ベルは
永遠に鳴らないのだろうか

日没

冷えきった部屋で母が姉の名を呼んでいる
惚けた顔をして縁側を歩いている猫
の股ぐらのむこうで
さかさまになって蜘蛛が天を支えはじめている

北風

北風がうなりをあげる

裏の畑では黒い塊がうずくまっている
盲目のもぐらは
凍てついた地面をむなしくひっかいている

黒ずんだ陰茎の野良犬が
敵意をむきだしにする

ねじれた針金は冷たく固まっている
わたしはものかげからじっと見る
頭をゆっくりとゆする
背中では
赤ん坊が爪を立ててしがみついている

ヨーグルト

奪いにきなさい
ふいに携帯がズッズッズッと振動する
メタルギアのなかで
ダンボールに隠れてせんそうごっこをしている
おじさんたち
ふるいとして機能する
真新しい長靴を履いて消えさった若者たち
ホウシャノウは

野良犬の横をしずかに出たり入ったりしている
わたしは
青々とした春の草にじょうろで除草剤を撒く
ベランダでは
口語的なパンツの群れがなびいている

ああ今日はヨーグルトなら食べられる
忘れられた電話ボックスのそばでは
とかげが
黄色い花弁をなめている
通り過ぎてゆくセーラー服の少女から
血の匂いが
かすかに立ちのぼっている

赤く満ちた月

赤く満ちた月を浴びながら
ほんきで首を絞められたことがあるか
妄想は暴れだし
なま煮えの豚肉をあたしかじるかじる
そうして
こうやって少しずつこわれてゆくんだろうな

耳の奥が冷たい日は

ひとりはこわいねひとりはいたいんだね
どうせこんなことには慣れちまって
ひりひりしびれて
ちっちゃく縮んでゆくこのあたし
もう呼ばないで、
ことばがまぶたをかけめぐり
なんにもなんにも分からないんだ

逃げろ、逃げろ、
とあんたが言うから
にげられなくなっちまったよ

ずっとずっとジグソーパズルに迷いこんだまま

はてしなくばらばらのままで
あたし
ぶら下がり棒にぎりぎりぎりぎりぎりぶらさがって
ぎりぎりぎりぎり

きれいに剝がせないラベルがかなしくて
買ったばかりのワイングラスを
床にたたきつけてやった

そうさ
いつになっても
だれもつじつまを合わせてくれない

老人の顔の赤ん坊は
あたしをじっとにらんでいる（いえきを吐く）
大なべの
ごぼうとこんにゃくは
ぐつぐつ煮えている（吐く）

あたしの肩に
手渡されてゆく
赤く満ちた月が一瞬とまった
さあ
いよいよあたしというぼろ布を
いさぎよく鷹に食わせてけりをつけてやる番だ
あたしというぼろ布に火をつけてやる

嵐

ころがってゆく
バファリンを
追いかけていただけなのに
膝からくずれ落ちたわたしよ、
頭、胴体、手足がせめぎあい
からみ合った糸は
永遠にほどけないのか

カートの上では
冷えた薬の瓶が
ガチガチと音をたてている、
右目ばかりで見れば
天井から吊り下げられた
黄色い液体も揺れつづけている

遠くから
チューブがからまった
女のうめき声がする、
女はすっかり前をぬらしている

窓の外では

春の嵐が吹き荒れている、
風は無邪気に窓を叩き
激しくわたしを乱す

これが最後なのだろうか
これが最後のわたしなのだろうか、
若い男が
尻を拭いてくれるのに
このすえた臭いが、
大声で笑う夢を見たいのに
ゆくえ知れずになったままの
自分の影をさがしまわっている
このわたしが、

聞こえますか
チューブにからまったままの
このわたしの悲鳴が、
もし夢から覚めるなら
わたしは大きな鉄鋏で
枕元で
声もたてずに
わたしに笑いかける
家族写真を
ざくざく切りきざんでやる、
荒れ狂う春の嵐を
ざくざく切りきざんでやる

春の雨

ふっくらした頬の
ちいさな女の子のおしゃべりのように
雨がたえまなく
春の根を叩いている

春の根はやわらかな指をすべりこませ
ひしめきあった
わたしの骨まで揺らす
無口な虫が

枯れ葉の下で目をさます
泥をかぶったみみずが
ひそかに身をくねらせる

それから
雨が降ったあとの野に
いっせいに新芽が伸びはじめる
その上を
子どもたちがかけあしで通りすぎてゆく

狐

狐は真夜中に林のなかを歩いていた。狐は茨や穴や熊や強盗がこわかった。そこで、それらを全部油揚げに変えてしまった。油揚げは、ひとつながりになってひらひらと空中を舞う。あれは茨だったのかな。穴だったのかな。熊だったのかな。それとも強盗だったのかな。いや、ひらひらと熱い油のなかを泳ぐ油揚げみたいな、やっぱり油揚げかな。

狐はどの道に行けばよいのかさっぱり分からなかった。そこで狐は星たちを灯に変えてしまった。灯が近づいてきて、茨と穴から救われた。狐はまだ熊と強盗がこわかった。するときらきらする葉っぱがふってきて、輪になってまわりはじめる。いや、なめらかな肌の娘たちみたいな、やっぱり娘たちかな。熊かな。強盗かな。それとも油揚げかな。

暁の明星が輝き、狐は茨と穴と熊と強盗から救われた。でも、まだどの道に行けばよいのか分からなかった。

緑の葉っぱはすっかり地面に落ちてしまった。

＊ジェームズ・ウェルチ「魔法を使うキツネ」より発想

昭和の女

ガラス片で傷だらけのような日は路上の犬たちが突然笑いはじめる
風に飛ばされた傘よ、折れた翼に触れているわたしも　いたい
やさしい罠になにを想うか、餌を食べているこの白い切れ端のようなマウスは
ありふれた兄弟喧嘩の切れ端を買った　二百円出したら九十五円おつりをもらった
巨大精密機械がいじめたろと輪になりしがアルミ弁当箱ひとつ白く鈍く輝きて
陳光誠氏の凄烈な闘いを想いながら正装して立っているよかかしは
あなたの端正に組み合わさった熱い体をていねいに畳んで片すこのさみしさ
あなたはかみさまですか（風に燃える兄よ）まだ奪ってしまうのですね

左回りでからまる蔓　ハンドルを右に切ってまっすぐ夢日和まで
ブナの木が原っぱでぽつねんと立っている　夕日に染まったあなたが好きです
からっぽがいっぱいになるとなにかがうごきはじめる、らしい
形になるまえの突き上げてくる衝動にかられて鉛筆で引っぱってゆく
ぼくはかあさんのにおいにつつまれようすいのなかをえいえんにおよいでいる
母さん、僕が一番日のキッスの練習をしながら耳をすましているのがわかるかな
わたしは花弁の内部をしきりにさわる　こんなにも熱くてやわらかい
骨はわたしの心臓をぎゅっとつかむ　太陽が頭上でぐるぐるまわっている
わたしはまぶしい光と風と骨に噛みついてやる　なんとしてもあなたに会いたい
なにかいい事があるかもしれない今朝は洗濯機が歌いながら歩きまわってる
散々裏切ってきてほんとにひとりになって、いま、静かすぎる時間に復讐されている
信じるに足るあなたの嘘にしずかに雪は積もるよ
タンスの奥から一万円飛び出せば貫太郎一家のちゃぶ台返しなど理解し

背中を丸めてまん丸い目をしてピッカピカのまっ赤なハイヒールが歩いてる
早く着いた客はさっそく菜の花の黄色い蜜を吸っている、あまいだろうね
青大将がきりっと背筋を伸ばし尻尾をぱたぱた振って女の子に会いにいくよ
白いTシャツ一枚隔てた関係だけど君のこの汗は失恋の匂いか
修道院の庵室にも似たしずかに燃えるフクシマ原発群
余震で落ちてくる黒い瓦を棟梁のようにさっとよけたよ
屋根の上でぴらぴらなびく青いビニールシートとお見合いしている内藤さん
ほらほら、にゅっと現れぶよぶよに肥った姿で混沌が坐ってるよ
のら猫ばかり太ってゆくのにどうしてわたしはどんどんやせてゆくんだろう
かいしゃをやめてドアをしめこっちのドアをあける　しんぱいたべられるかな
疾走平成に激突する鳥として「わたしは昭和の女なんです」と叫んでやる
埴輪の目でビニール紐がからみつき身動き取れなくなっているわれを見る

ゆびさきを見ている

ツナミ、世界の一大事を見守る巫女の名のように（なんとしても生きてゆく）
引きちぎられた青く光る草がジーンズの上でため息ついているなんて
わたくしから逃げようとして店先の氷の中のサンマになる
さあ今夜からスカートの裾にかじりついて祈ってごらんなさい
ぐったり垂れているヒマワリのようなあなたを斬首するわたしの根性って
月がきれいですね　メビウスの帯になって回転しているたくさんの仮死よ
守るのにどんな理由が必要なのか　たとえばそれが自分の娘であるならば
からだをかけめぐる不在　あなたは洪水のように溢れ輝いている下弦か

傷だらけの友情を湧き水で洗い包帯を巻く　こんなはずじゃなかった
だんだん声弱くなる就職浪人のきみに大丈夫大丈夫と電話しちまうなんて
つないだやわらかい手のなかで眠る　安心して目を閉じなさい
もう動かない子犬抱いて涙流すおまえ、今夜はシチューを食べようか
息止めて腹筋運動するあたしに頑張ってねとタマの声のすずやかさ
あそこ、あそことふたりだけの秘密を追いかけていった六月の蛍
指先でそっと押してみるかわいいかわいいお前の肉球　力が抜けてしまう
今朝はとびっきりの笑顔で柿の一枝に挨拶された　宝くじを買ってみよう
荒々しく前のめりになって歩く女、その筋肉質の脚のうつくしい
平成最後のちんどん屋か鉦たたき練り歩くこの白塗りの老人たちは
上野の森に住む老人のあざやかな黄パンツ、軍旗のように風になびいてる
平成の扉の奥にディキンスンのごとく埋もれしわが歌を百年経て発掘されたし
遊びなんかじゃないんだ　歩いて歩いて星から落ちてきた少年をさがす　ほんきだ

おにいちゃんおにいちゃん、はじめからこたえなんかなかったんだね　やっと分かった
もうむりだ　最後までくすりをのんでねむっていよう　ぴいひょろろ
ああ　世界からすべての色がなくなりかけ溺れているんだあたし
おにいちゃん　かあさんがさきに空を緑いろの帯になって流れてゆきます　よろしく
燃える炉に投げ込まれるガラクタめいて街なかを救急車でガタゴト揺られてゆく
未完作品集の深き森に迷いこみ不慮の死を遂げるかなんていう妄想
磨り減った膝小僧カクカク鳴らしいよいよ老婆の洗礼を受ける（どこへゆくんだろうね、わたし）
ツユクサの青みずたま滴りし花にぎりしめうたう　ゆびさきを見ている
魔法も使えないこの国で初めて食べるときの尖ったくちびる、トマト、サルサ、タコシェル

どんぐり

どんぐりの木を倒した
木は堂々と横たわった
それから葉っぱを空に向けた
どんぐりたちは
ぱちんとひびわれた

狸がやってきて
雨を降らせてくれた

わたしはたっぷり
時間をかけて考えた

どんぐりの先っぽは
すこし赤かった
泥のうえで
かすかに湯気を立てていた

氷雨

おいぼれ犬とすれちがった
左耳が半分ちぎれていた
茶色の毛が固まって
硬くなっていた
たてつづけに咳をした

わたしは家に帰って
魚を焼いて食べた

骨までなめた

夜中になると
静かに氷雨が降りはじめた
ぬれた地面はすぐに凍った
あの犬も暖まった家に帰って
眠っているのだろう
とわたしは信じようとした

初出一覧

娘	『2006 詩歌句年鑑』二〇〇五年
盛夏	本書初出
夏草	「現代詩手帖」一九九九年三月号
ロープ	本書初出
息を殺す	「未来」716号〜735号、二〇一一年〜二〇一三年
牛舎	本書初出
朝	「東国」116号、二〇〇一年
ホロコースト	『反戦アンデパンダン詩集』二〇〇三年
鳥	『日本現代詩選』34集、二〇一〇年
ホウレン草	「投壜通信」01号、二〇一一年
八月	本書初出

雨　「現代詩ラ・メール」一九九〇年七月号

晩夏　「東国」134号、二〇〇六年

日没　「東国」129号、二〇〇五年

北風　本書初出

ヨーグルト　本書初出

赤く満ちた月　本書初出

嵐　本書初出

春の雨　「下野新聞」二〇〇一年一月一日

狐　本書初出

昭和の女　「未来」716号〜735号、二〇一一年〜二〇一三年

ゆびさきを見ている　「未来」716号〜739号、二〇一一年〜二〇一三年、一部本書初出

どんぐり　『アンソロジー風X 2011』二〇一一年

氷雨　『2007 詩歌句年鑑』二〇〇七年

青山みゆき

足利市生まれ

詩集

『西風』思潮社、一九九八年七月

赤《あか》く満《み》ちた月《つき》

著者
青山《あおやま》みゆき
発行者
小田久郎
発行所
株式会社思潮社
〒一六二―〇八四二　東京都新宿区市谷砂土原町三―十五
電話〇三（三二六七）八一五三（営業）・八一四一（編集）
ＦＡＸ〇三（三二六七）八一四二
印刷・製本所
有限会社トレス
発行日
二〇一四年十月三十一日